흔들리며

찾는

길

사랑의 나침판은
흔들리며 길을 인도한다

흔들리며
찾는
길

승명자 지음

바른북스

고 훈 (시인, 안산제일교회 원로목사)

"사람 속에는 누구나 20살에 죽은 시인이 잠들어 있다" 영국 시인 W. 카우퍼의 말이다. 승명자 시인은 박화성 문학의 피가 흐르는 목포에서 여고 시절부터 시인을 꿈꾸며 평생 공부한 문학소녀다. 우리 '시인의 집'에서 전국 백일장 대회를 20여 년을 개최하며 창조문예와 함께 많은 신인을 배출했다. 60세 나이에 문단에 나온 시인은 처녀 시집을 내고 지금 80세 나이에 3번째 시집 『흔들리며 찾는 길』을 냈다.

뜨겁다는 것은
식기 위한 첫걸음

탄생은
죽음을 향한
첫발

사랑은
가시밭에 눕는 것

출발은
비움의 역사를
이룬다 (「출발」전문)

시인의 작품 「출발」은 시작에서 마지막까지를 한눈으로 보고 여든을 산 시인의 혜안이 있는 작품이다. 마치 살아온 인생을 밑줄 친 부분을 시로 표현하고 있는 것 같다.

시인의 시는 소녀의 가슴처럼 청결하다. 시인의 시는 고백이고 삶과 신앙의 열매이다. 내가 경험한 바로는 한 권의 책에는 저자의 평생이 들어 있다고 믿는다. 가족들과 함께 읽으며 젊은 날 잠든 문학소녀와 소년의 꿈을 꾸시길 바란다.

책을 펴며

몸과 맘이 지쳐서 무너질 때

치료제가 되고

때로는 청량음료처럼

숨을 트이게 하는 시!

누군가에게 들키고 싶은

나의 비밀 이야기를 공개한다

부패해 가는 이 시대에

꼭 필요한 성직자로 존경받는 시인이신 고 훈 목

사님을 만나

시인의 첫발을 시작한 지 20년,

2집을 출간한 지 10년 만에 3집을

내면서 감회가 특별하다

내 나이가 종점에 와 있다는 사실이 뻔하기 때문

이다

시인은 정직한 언어와 삶을

살아야 한다는 스승의 가르침대로 살아왔는지 옷

깃을 여며본다

시인 **승명자**

목차

자유영혼

사랑의 조언

손녀꽃

소
중
한

일
상

위로

내 나이 여든
움켜쥔 손
펴야 한다
받는 것보다
주는 손
따뜻한 마음 얹어
상처도 만져주고
눈물도 닦아주고

꾸미지 않아도
부끄럽지 않아
살아온 흔적인걸

초조하지 않고
여유로운 모습으로
어른이 되어가는 나이

김장철

배추절임
무도 살짝
각종 양념 버무려
김치통에 채운다

이같이
언어를 버무려
한가득 종이에 담아
한 켜 한 켜 담아 보았다

제주 가족 여행

김포공항에 도착하자
첫눈이 하늘 가득 퍼얼펄
오 감사 행복합니다

비행기 출발 시간에 맞춰
기상 악화 소식
비행 중에
번갯불이 번쩍
우여곡절 속에 무사히 도착

하얀 파도가
고개 들어 환영
먹구름 깔린 수평선 위로
쌍무지개가 떴다

첫눈으로
바다 위에 뜬 쌍무지개로

나의 팔십 생일을

축복하신 하나님과

사랑하는 가족들

사랑으로 엮인

가족들의 이야기를

제주도에서 쓴다

입동

입 비뚤린 모기
맥 못 추는 초겨울
속 넓은 하늘에

천둥도 숨고
뜬구름 바쁜 걸음으로
마을로 내려온다

추수 끝난 볏짚 속에
내 근심도 숨었거라

석양

분주한 나이가
계절 따라가고
빈 의자에
낙엽이 홀로 앉아
멍하니 고정관념에
젖어 있다
살아 있다는 놀라운
이유가 참으로
기특하다

출발

뜨겁다는 것은
식기 위한 첫걸음

탄생은
죽음을 향한
첫발

사랑은
가시밭에 눕는 것

출발은
비움의 역사를
이룬다

지나간 계절

들녘엔 황금물결 춤추고

붉고 노란 단풍잎

발목 잡는데

뜬금없이 길가에

한 송이 빠알간 아기 철쭉꽃

어쩌나

가버린 엄마꽃

찾을 길 없네

긴 연휴 끝자락

여명을 열고

줄지어 달리는 자동차

더 바쁜 지하철 에스컬레이터

좁은 길을 비비며

종종걸음은

먹이 찾아 서둔다

가을 하늘 낙엽이

붉게 물들어 가는데

생뚱맞게 핀 빠알간

철쭉꽃 한 송이

웃음을 준다

동생이 떠난 날

단춧구멍처럼

숭숭 뚫린 가슴

실로 매달고

겨우 연명하더니

실은 오래가지 못했다

액자 속에 얼굴 내밀고

웃고 있는 너

잘 도착했니

거기 편안하지

소중한 일상

욕심 다 내려놓고
죽는 날까지
다닐 수 있으면
족하겠습니다

산이나 들에 다니며
새들과 꽃들과 벗하고
강이나 바다로 흘러

힘들면 다리 뻗고 앉아
나를 주무르며
달래주면서

오늘 같은 쟁반 달
불러들여
세상 떠난 엄마 아빠
동생 모두

잘 있냐고 안부도 묻고

이쪽 소식도
주고받으며

걸을 수 있으면
족하겠습니다

여름이 잠든 밤바다에서

남모르는 설움을
하얗게 토해내는
잠잠하던 파도가
다시 소리치는 밤바다
이제 그만 잊고
초록 별처럼
찬란하게 살자
말을 말갛게 씻고
소리도 털어내고

아침이 일어난 것처럼
함께 걸어가는 거야

예배

하나님이 사랑하는 사람을

사망으로 심으시려나요

부활의 한 송이 꽃으로

피우셔서 열매를 맺으시렵니까

순종의 꽃

순백의 열매

추수 때 거두시려나요

하나님 손에 심겨서

싹으로 틔움이 마지막

소망인 것을 알게 하소서

태어나게 하시고

하늘나라로 이사하게도

하시는 섭리를

깨달아 알게 하소서

경비아저씨

이른 아침

한 손엔 빗자루

다른 손엔 쓰레받기

한숨 섞인 담배꽁초

눈물 젖은 휴지를

쓸어 담는다

은퇴 전 바삐 살던

메마른 삶보다

애환의 깊이를 돌아보는

지금이 어쩌면 더

인생 맛을 느낀다

굽은 등으로

낙엽을 쓸어도

눈을 쓸어도

일할 수 있는 아침이

있어 좋은 아저씨

쓰레기가 없는

깨끗한 아침을

선사할 수 있어 좋은 아저씨

사막의 선인장

마른땅 가시밭
오아시스로 오신 주님
시냇가 나무가 노래하고

시들은 인생
은혜로 춤추게 하네

인내를 시험하는 날

이른 아침

진단서 발급하러

대형 병원을 찾았다

무려 9시간을 기다리란다

이런 날도 나에게 주어진

날이려니 하고 기다리기로 했다

휠체어 안 타서 고맙고

침대 누워 도움받지 않아 고맙다

가족들까지 대동하고

수액을 꽂고

근심에 쌓인 표정들

부디 완쾌하기를 기도한다

산소통까지 끌고

여러 군데 바늘 꽂은 남편을

지극정성 어루만지는 젊은 부부가

어찌 그리 아름다운 그림인지

바라보는 눈시울이 뜨겁다

영흥도

대부도 바지락 칼국수
오징어 부추전에 막걸리 한 잔
바닷바람 시원하게 탁 트인
영흥도 다리 지나
꾸불꾸불 잘도 찾아온 길
언덕 위 카페에서
추억을 불러 함께 앉아
아메리카노 한 잔

일흔이 살짝 넘은 친구 기사
팔팔한 운전 실력

볼품없던 바다를 밀물이 다가와
온통 물결치는 모습이
오페라 음악이 되고
능란한 무희가 되어 춤을 춘다

호숫가에서

구름도 하늘을 이고 잠든 밤

내 마음은 호숫가를 서성인다

마음이 고인 호수 썩기 전에

흘려보내자

사랑으로 채우자

말처럼 쉽지 않은 감정들을

안개에게 맡긴다

더러운 자국 남긴 신발을

벗어 던지고

맨발로 한 걸음 두 걸음

똑바로 걸어가리라

가끔은

나를 사랑해야 그대를 사랑할 수 있지요

뒤돌아볼 사이 없이

살아온 나를

가끔은

어루만져 주고 싶습니다

관뚜껑을 닫고

조용히 가고 싶은 순간도 있었고

남 부끄러운 줄 모르고

길거리를 헤매며

소리 내어 울었던 적도 있었습니다

굽이굽이 높고 험한 길들을

잘도 넘고 살아낸 나를

가끔은

포근하게 다독여 주고 싶습니다

이명

수천 마리의 매미가

왼쪽 머리에서 매에매에매에

쉬지 않고 운다

자다 깨도 울고

나를 한시도 떠나지 않고

따라다니며 운다

그래! 같이 가자 숲속 울창한 그늘로

서늘한 바람도 불어라 시원하게

그러나 떠나가라

나를 조용히 쉬게 하라

6월에

내가 살아있어서
신록이 우거진 6월이
너무나 즐겁습니다

생명이 있는 한
아파보지 않은 사람
하나도 없습니다
그중에
열정 가득한 장미가
우리에게 말합니다
밝아져라
기대하라
행복해라
눈을 들어 천지를 바라보면
오늘이 참 좋습니다
기뻐할 때에
어둠은
슬며시 물러갑니다

사순절에

어느
신작로
모퉁이 돌마냥
쓸모없던 나
그분의
따스한 손길에 끌려
새 옷 입었네

나 대신 쓰신 가시 면류관
붉은 피

오! 주님
갚을 길 없는 사랑
감사가 넘쳐흐릅니다

자
유
영
혼

내일

글 또는 말로
속앓이를
털어버리면
소낙비에
마당 쓸어버린 듯
시원시원해

하지만
다시 저만치
먹구름…
떠오르며 햇빛 가리네

시원한 바람 불면
싱그런
향기 나는
내일이 따라오네

봄의 신화

봄의 여신을
깨운 것은
바람이었을까

들녘마다 다니며
새싹을 일으킨 것은
봄비였을까

초록의 머리카락을
흔들며 냉이 달래
씀바귀 쫑긋쫑긋 솟는다

다름

꽃들도 제각각
색깔도 다르고
모양도 향기도 다르다
하물며 한 배 속에서
태어난 쌍둥이도
개성이 다르다

내가 입만 열면
잔소리로 듣는
가족들
항변하는 날 향해
다름을 인정하란다

내가 할 말이 아닌가
심판관이 있다면
누구 말이 옳을까

다툼을 멈추고

서로가 다름을

인정하면서

이해하며 사는 가정

사회가 되어야겠다

골목길

고단한 하루
마감하고 쉬러 가는
귀로

가슴속에 나 있는
좁고 답답한 길

하늘 보니
다른 길 환히 보인다

추억의 골목길

마음을 바꾸면
다정한 내 갈 길

몸살

눈송이로
하얗게 씻은 겨울은
맑다 못해
눈이 부시다

설렘으로 한세상
살다 간 눈사람
행복했겠네

할 일 많은 겨울은
봄을 피우느라
분주해서 몸살을 앓는다

그리움

그대 생각 담고
환해지고 싶은 오늘
장미가 피었네요

빈 꽃병에
휘파람도 꽂고
그리움도
기다림도
한가득 심을게요

다시 오실 그대
눈물 씨앗 심습니다

체온

향기 나는 봄나물 한가득
오렌지로 소스 만들어
입에 넣으면

눈물 날까
웃음 날까

네가 곁에 있을 때
네가 곁에 없을 때

모자람

항상
모자람이
감사함으로
남아 있기를

풍족함이
교만함을 부르기 전에

날마다
감사로
일용할 양식을
간구하나이다

잠의 원형

마른 풀처럼

창백해지고

차라리

달콤 시원한 팥빙수가

나를 위로하리

즐거움과 청춘을

녹슬게 하는 어떤 내밀한 고뇌

고통과 시간을 견디게 하는 힘

낭만 아닌가

세월이 지나

하나둘 내 곁을 떠나

혼자 남아

보석 같은 사랑이 떨어져 나가

톡톡 끊어지는 바이올린 소리

젊은 남녀의 말다툼 소리 같아

하이힐

배신감에
분통 터뜨린들
이미 쓸모없는
뒷방 마님

자신감에
폼 잡고 뽐내던 날들
한몫 거들던

세월 가는 데
이유 달
사람 없음을 안다

편안하게
이끌어 준
맞춤 운동화가
세컨드 자리

꿰차고 의기 당당

세상

바뀌지 않는 건

아무것도 없더라

여행

코로나 팬데믹 시대

3년을 보내고

억눌렸던 몸과 맘

풀어야 산다

좌우 볼 것 없이

여행은 해야 해

밀양 울산 경주

맛 기행에 합류했다

산맥이 수려하고

공기는 신선해

가지마다 연한

연둣빛 어린 이파리

남쪽으로 내려오니

겹동백이 화려하고

철쭉꽃 잔치가 한창입니다

고교 동창생들이

환갑 맞아 하하 여행

유치원 자모들이

40년 찐한 우정 여행

청일점 남편과 나

55년 지기 커플 여행

구름 가듯 모였다 흩어졌다

가다가 사라지는 인생

남겨도 미련 없고

사랑 용서 두고

가게 하소서

레드카펫처럼

철쭉이 나란히

길 따라가는

우리를 환영해 주네

연륜

내 나이 스물다섯
지금 보니 꽃띠에
남편은 스물아홉
아빠가 되었다
첫아이 품에 안고
부끄러워
귓불이 빨개졌지
그 아이가 쉰다섯
......
주님이 부르시면
무엇을 가지고 갈까

믿음 소망 사랑을
챙겨야지

이 나이에 말을 거네요

찬바람에 마음이 말라가던

어느 날

10년을 본 체도 하지 않던

시가 말을 거네요

꽃이 눈이 시리게

예쁘다고 쫓아다녀요

짝을 찾아 우짖는

새들을 보라면서

말을 거네요

가만있는 나를

부술 자세로 강하게

다가오는 시가

말을 거네요

오랜만에

찾아온 시

마음만 달아오르네요

팔순

수준이 어린아이처럼
더디고 어눌한 나이
꽃이 보이고 하늘이 보이면
늙어가는 징조라네

별 보러 가고파
별 따러 가는 것도 아닌데
기회가 없네

하늘나라 계신 부모
머지않아 만나면
별도 보고 달도 보고 지고

배움

남 주기 위해
배운다
높은 자리에 앉은 분들
못 박히게
들려주고 싶다

잃었다 아니

무엇이든 잃었다

찾으면

기쁨이 배가 되지

안경은 잃어버리기 일쑤

나이 들면

안경을 끼고 안경을 찾지

여자들 안경은

냉장고에 숨었다 까꿍

밥솥 뒤에서도 까꿍

까치 마을

마실 갔던 까치가
숲 사이사이
돌아와 재잘재잘
영감 할매가 욕을 하며
싸우더라 무슨 사연일까
웃어도 시원찮은데
싸우긴 왜?

며칠 새 녹음이 짙어져
기웃거릴 틈이 없네
산다는 것은 고통을
넘어서는 것
새들아 부디 잘 살아다오

지팡이

언제나
약점을
건드리지
않는 반려자

황반변성 오다

남의 일이라
생각하며 살지만
내 일이더이다

균형 잡힌 삶의 터가
요동치며 흔들어도
나는 그곳에 서 있겠습니다

자유영혼

내 시가

노래가 되어

사람들의 가슴에

살포시 스며

웃음을 주고

희망을 주면

얼마나 좋을까

걷다가 힘들면

쉬어 가고

아프고 힘들면

같이 울어 줄게

위로와 감사가

하늘을 날고

푸르른 바다를

건너 뛰놀 때

행복 행복

꽃이 피네

도전

해가 저무는
하늘은 곱기만 한 게 아니다
용기백배 도전 정신 살려
보호받을 나이에
요양보호사 자격증 취득
나는
역주행하고 있다

꽃비

아직 이른 봄
추위 이기고
어렵게 핀 벚꽃

바람의 잔인함에
꽃비가 서럽다

미처 사랑이
뜨거워지지도 않았는데

야속한 저 바람은
왜 가슴을 후비는고

우는 벚꽃아
울 일이 세상에 너뿐이랴

사랑의 조언

계절은

뜨거운 여름 태양에 익어
가을 산 붉게 물들이고
노랗게 질린 은행잎
떨어지면

마실 갔던 찬 바람
팝콘처럼 하얀 눈송이 손잡고
오겠네

유리 창문에 풍경화 그리고
내 이마에 주름 한 줄 보태고
또 한 해가 가려 하네

생(生)

쌈닭이란 별명을 가진 아줌마
어느 날엔 인정 넘치는 선행도 한다

그칠 것 같지 않던 장맛비 그치고
파아란 하늘이 눈부시다

시름시름 앓아 죽은 듯 조용한
들판에도 때가 되면
움이 파랗게 돋아난다

우리 생명 다하면
반드시 부활이 있다

숨

거친 바다 파도의
흰 거품이고

때로는 아파서 흘리는
눈물이다
꽃이 피고
열매가 떨어지는 날에도

따뜻했으면 좋겠다

첫째

첫째는 사랑 독차지
가부장적 사회의 폐단이다

둘째로 태어난 게 죄도 아닌데
첫째, 막내에게 빼앗긴 관심
평생 트라우마다

겨울 눈꽃

화사한
그리고 눈부신
눈꽃으로
피었다가
금세 어디론가
사라져버린

애간장 녹인
사람아

지금도 봄 여름 가을 겨울
박제되어
녹아내리지 않네

담배꽁초

싸늘한 가슴

뜨겁게 태워놓고

하얗게 버려진 꽁초

발로 비비지 마라

한순간이라도

네 편 아니던가

시계의 빈자리

자리를 지키던 시계
고장 나서 버렸는데
습관적으로 바라본다

하나의 미물인데도
허전해

좋아하지 않던 강아지가
집 나간 날도
날밤을 새웠다

길 가다 힘들어 깔았던
손수건도 잃어버리고
잊히지 않는다

인연이란 소중함
간직하며 살아야 해

사랑의 조언

쓰디쓴 세월
입에 물고
여기까지 달려왔다
숨이 턱까지 차오르고
넘어져도 일어난 용기는
자식들에 대한 무거운
책임감이었지
자식들아
너희들이 깨달을 때는
부모의 빈자리가
눈에 보일 때
부디 울지 마라

내일은 맑다

여름내 쏟아 내린 장마

고생한 엄마

발뒤꿈치처럼

상처만 남기고

나 몰라라 떠나갔지만

오늘은

맑고 청명한 하늘

세상 태연하다

잠들기 전

하루를 마치고
감사 기도 한다

험한 세상 오늘도
무사함을

집이 있고 가족이 있어
감사를

먹고 마시고 걷고 보고
듣고 말할 수 있는 평범한
일상이
누군가에겐
기적일 수 있기에

쪽잠

강의를 듣는다
머리는 고요하다

잠시 눈을 감고
다른 세계로 가고 있다

내일은 뭐 하지
책을 읽을까
맛있는 거 먹어야지
지루한 강의는 언제 끝나지

꿈을 꾸고 있다

출입금지

금지라 하면

더 하고픈 맘

난 초등학교 다닐 때

극장이 왜 그리 신기한지

먹지 말라는 술, 담배, 이성 관계

감정을 조절하며

잘 살아줘서 나에게 고맙다

요즘 아이들 말 안 듣고

하고 싶은 일 서슴없이 하는데

세상 탓이라 생각하고

마음을 접는다

사진

사진이 없었다면
기억에서 아물거릴 얼굴
끝내는 잊어버리고 말 얼굴

세월을 겹 입어도
그때 그대로 있으니
추억이 새록하다

장맛비

장맛비가 내린다
어릴 적
양철지붕 위에
내리던 두드득 소리
추억을 불러온다

지지리도 가난해서
먹고사는 문제 외엔
꿈도 못 꾸던 옛날
빗소리가 추웠다

오늘은 왠지 반갑고 따뜻하다

내 어린 시절을
지금 살고 있는 누군가에게
손잡아 줄 이웃이 되고 싶다

우산

비바람 속에서
우산이 되어 준 당신

외롭지 않게 함께 걸어온
걸음이 새롭습니다

그대와 나
우산 속에 하나입니다

등불

내가 아파 울 때

내 상처만 보인다

남이 울 때

상처의 깊이를 안다고

말할 수 없다

상처를 당해보지 못한 사람은

알 수 없는 아픔

인생은 어쩌면 상처라는

옷을 입고 산다

태양은 아닐지라도

누구에게 등불이 되어

밝게 비출 수 있다면 좋겠다

뜨겁지 않아도

따스한 등불이 되었으면

해가 지고 다시 뜬다

땡볕을 원망 마라
가을을 익히고 있는 것

태풍을 두려워 마라
모든 오염을 정화하나니

지나가는 세월도
그냥 가게 보내줘라

역사를 쓰고 있다

달 그리고 별

마실 나온 낮달

선선한 바람 타고

신나게 노네

이런 자유

나도 누리고파

하늘 향해 더덩실

춤을 춰보네

소중함

봄의 전령인 부추를 사 왔다
단을 풀어보니
백옥같은 부추꽃이 한 송이
야물게 피어 있다
꽃병도 아닌 유리컵에
물 부어 꽂아주니
방긋이 웃는 게 5월의 신부 같다

불타는 장미꽃은 아니지만
애잔한 부추꽃이 사랑스럽다
나는
어차피 서민인가 보다

우호적 무관심

언제 결혼할 거냐
취직은 언제 하고
대학은 가야 하잖아
자식도 낳아야지

관심을 내려놓고
그저 바라만 보십시오

눈에 거슬려도
참고 바라봐 주는 것이
우호적 무관심입니다

손
녀
꽃

행복 회

영양 보충용
배달 음식
오랜만에 먹는
회
회가 아니라
행복을 먹었다

그 맛은
달콤하면서
상큼하네

삶은 예술

삶 자체가
예술이다
고통 슬픔 이별 아쉬움
구름 자욱한 하늘이
걷히면
눈부신 태양 붉게
떠오르고
반짝이는 별빛은
희망을 노래한다
모래알 같은
밥을 삼켜봤고
찢어질 듯 아픈 가슴
움켜쥐고 울어도 봤다
바람 멈추지 않고
지나가듯
스치고 지나가는
삶은 예술이다

흔들리며 찾는 길

떨리지 않는 사랑은 사랑이
아니다
사막의 광야 길을 견디며
참아야 하는 사랑
분노를 누르고 흔들리지 않으면
길을 갈 수 없다
사랑의 나침판은
흔들리며 길을 인도한다

아직 남은 하루

아직 남은 하루
장미인가
가시인가
모래성인가

노래인가
기타 줄인가
피날레를 장식한
무희의 여운인가

기다리는 시간

기다리는 시간은

길고도 짧다

밭에 자란 풀과

남에게 빌린 빚은

잠도 자지 않는다

손꼽아 기다리는

배 속의 아기는

좀체 나오지 않는다

기쁜 일은 잠깐

슬픔은 오래간다

눈물 속에 비친 얼굴

참을 수 없을 때
울어도 사라지지 않는
설움
사연이 엉켜 명치를
때릴 때
점이 하나 둘 세엣

그때에
솔로몬의 지혜가
날아드니
눈물이 별이 되어
영롱하게 비추네

장갑 한 짝

남아있는 너를 볼수록
자꾸만 그리워
식탁 앞 빈자리
운전석 옆자리
현관 앞 신발장

짝이 있을 때
당연한 것이
이렇게 텅 빈 공간이
될 줄 정말 몰랐네

삭풍

쫓겨 갔던 가을바람

찬 서리에 실려

돌아오는데

그 임은 간데없고

앙상한 나뭇가지 위에

세월만 덮여있네

세월아 가지 마라

너마저 가면

나는 없겠구나

거스름

혼자 태어났는데
짝을 지어주시고

선물로 자식 셋

자식들
결혼해서
아이들 주시니

얼마를 주신 건지
셀 수 없는 사랑

풍경화

밤사이 흰 눈이 소복이

쌓여 베란다 앞 풍경이

아름답다

하늘은 푸르고

사이사이 흰 구름 흐르고

도서관 건물 굴뚝에선

연기가 날린다

눈 덮인 공원길

앙상한 가지에

화려한 눈꽃

가끔씩 날으는 산 비둘기

스케치북에 담아보려다

맘대로 표현이 안 되어

글로 적어본다

하얀 밤

동지섣달 긴긴밤
눈 비비며 지새우다
천 년이 하루같이
삼백육십오 일이 흐르고
잔잔한 호수처럼
강물도 흐른다

들숨 날숨소리
청명하도다
가볍던 날갯짓
지쳐갈 때
하늘 문
파랗게 열리어라

오후

참 빠르다
바람을 일으키며
휘돌아 가는
골목길 어귀에서
무슨 미련인지
두리번거린다

내가 한 번도
가 보지 못한 그 길

곧
다다를 것 같은
감을 느끼며
바람을 일으키며 간다

살아라

밤사이 내린 눈이
꽁꽁 얼어
발가벗은 나뭇가지
소리도 못 내고
떨고 있다
주삿바늘도
안 들어가게 얼어붙어
목이 마르다
견디고 기다림이
익숙한 것 같지만
참아내는 용기가 있다
봄이 오고 여름 가을이
그의 삶을 보상해 준다는
믿음이 있어 산다
산에 서 있는 나무는
스스로 죽지 않는다

마침내

섬이었다

그리고

다리

연못에 물고기

바다로 흘러

이제는 거슬러

연어가 되다

살다가 살다가

살다가 힘들면
노래를 불렀다
고추처럼 매운 색깔로

목이 아파 서러우면
우윳빛 여운이 돌아
흰 구름 부둥켜안고
골목길 한 걸음

날파리 눈앞에서
갈지자 그리고는
동공이 멍하니
섰다가 또 한 걸음

흔들리는 세상
미세하게 떨리는 빛

걸음 멈추면

무지개다리

보랏빛 인생아

둥근 시간

시간 안에
같이 가자

언젠가는 멈추고 마는
시간 안에
감사 용서 기쁨 비워두고

시간 안에
같이 가자

초침

작은 추억 얼렸다가
조금씩 녹여
꺼내 보면
낙서 같기도 하고
내 살점 같은 이야기
하나둘씩
피어날까

언젠가는 다 녹아
흔적도 없이 사라질
얼음 같은 삶

손녀꽃

힘을 다해 버스에 올랐다
겨우 한숨 돌릴 만하니
종착역이다

돌쟁이 손녀가
오랜만에 미국에서 왔는데
열아홉 살

이른 봄
매화꽃이 한창이다
아 예뻐라
향기에 취해 감은 눈
떠보니
어느결에 함박눈이 펄럭인다

흔들리며
찾는
길

초판 1쇄 발행 2024. 6. 4.

지은이 승명자
펴낸이 김병호
펴낸곳 주식회사 바른북스

편집진행 김재영
디자인 김민지

등록 2019년 4월 3일 제2019-000040호
주소 서울시 성동구 연무장5길 9-16, 301호 (성수동2가, 블루스톤타워)
대표전화 070-7857-9719 | **경영지원** 02-3409-9719 | **팩스** 070-7610-9820

•바른북스는 여러분의 다양한 아이디어와 원고 투고를 설레는 마음으로 기다리고 있습니다.
이메일 barunbooks21@naver.com | **원고투고** barunbooks21@naver.com
홈페이지 www.barunbooks.com | **공식 블로그** blog.naver.com/barunbooks7
공식 포스트 post.naver.com/barunbooks7 | **페이스북** facebook.com/barunbooks7

ⓒ 승명자, 2024
ISBN 979-11-7263-008-9 03810